LE RETOUR DE MONSIEUR BARDIN

MA PETITE VACHE A MAL AUX PATTES

1. *C'est parce que...*, de Louis Émond, illustré par Caroline Merola.
2. *Octave et la dent qui fausse*, de Carmen Marois, illustré par Dominique Jolin.
3. *La chèvre de monsieur Potvin*, de Angèle Delaunois, illustré par Philippe Germain, finaliste au Prix M. Christie 1998.
4. *Le bossu de l'île d'Orléans*, une adaptation de Cécile Gagnon, illustré par Bruno St-Aubin.
5. *Les patins d'Ariane*, de Marie-Andrée Boucher Mativat, illustré par Anne Villeneuve.
6. *Le champion du lundi*, écrit et illustré par Danielle Simard.
7. *À l'éco...l...e de monsieur Bardin*, de Pierre Filion, illustré par Stéphane Poulin.
8. *Rouge Timide*, un roman écrit et illustré par Gilles Tibo, Prix M. Christie 1999.
9. *Fantôme d'un soir*, de Henriette Major, illustré par Philippe Germain.
10. *Ça roule avec Charlotte*, de Dominique Giroux, illustré par Bruno St-Aubin.
11. *Les yeux noirs*, de Gilles Tibo, illustré par Jean Bernèche.
12. *Les mystérieuses créatures* (ce titre est retiré du catalogue).
13. *L'Arbre de Joie*, de Alain M. Bergeron, illustré par Dominique Jolin.
14. *Le retour de monsieur Bardin*, de Pierre Filion, illustré par Stéphane Poulin.
15. *Rodolphe et le sourire volé*, de Gilles Tibo, illustré par Jean Bernèche.

LE RETOUR DE MONSIEUR BARDIN

un roman écrit par Pierre Filion

illustré par Stéphane Poulin

case postale 36563 — 598, rue Victoria,
Saint-Lambert, Québec J4P 3S8

Soulières éditeur remercie le Conseil des Arts du
Canada et la SODEC de l'aide accordée à son
programme de publication.

LE CONSEIL DES ARTS   THE CANADA COUNCIL
   DU CANADA   FOR THE ARTS
   DEPUIS 1957   SINCE 1957

Dépôt légal: 1999
Bibliothèque nationale du Canada
Bibliothèque nationale du Québec

Données de catalogage avant publication (Canada)

Filion, Pierre

  Le retour de Monsieur Bardin
  (Collection Ma petite vache a mal aux pattes; 14)
  Pour les jeunes de 6 à 9 ans.

  ISBN 2-922225-32-1

  I. Poulin, Stéphane.   II. Titre.   III. Collection.

PS8561.I53R47 1999   jC843'.54   C99-940523-3
PS9561.I53R47 1999
PZ23.F54Re 1999

Conception graphique de la couverture:
Andréa Joseph
Annie Pencrec'h

Logo de la collection:
Caroline Merola

Copyright © Soulières éditeur, Pierre Filion et
Stéphane Poulin, 1999
ISBN-2-922225-32-1
Tous droits réservés
58614

*À Roger Gentner,
le roi de la patate.*

Du même auteur
pour la jeunesse

Chez Soulières éditeur :

À l'éco...l...e de monsieur Bardin

Chez d'autres éditeurs :

Pikolo, le secret des garde-robes, illustré par Gilles Tibo, Annick Press, 1992, traduit en anglais et en espagnol.

Pikolo, l'arbre aux mille trésors, illustré par Gilles Tibo, Annick Press, 1994, traduit en anglais.

1

Où est-il ?

Nous étions tous en classe quand le directeur entra.

— Monsieur Bardin vient de me téléphoner. Il est encore à l'hôpital. Mais soyez rassurés, j'ai de bonnes nouvelles. Il m'a dit qu'il serait ici à treize heures trente-neuf. Il est parti en ambulance, il va revenir en ambulance. Je vais l'attendre avec vous.

En entendant le mot hôpital, mon chien Lucky a levé les oreilles. Michel, c'était ainsi que nous appelions le directeur, le connaissait bien. Il est venu le caresser. Lucky déteste les hôpitaux, mais il aime bien Michel.

Dans un sens, j'étais content. Monsieur Bardin allait revenir. Mais j'imaginais le pire.

Monsieur Bardin était peut-être un grand malade. Il avait peut-être un mal de tête plus gros que sa tête? Une verrue plantaire sur le bout de la langue? Un ongle incarné qui avait dévoré son orteil? Une otite qui lui bouchait complètement l'oreille? Deux coeurs au lieu d'un? Une gastro-entérite permanente? Un poumon plus petit que l'autre? Le spectacle qu'il avait donné ce matin l'avait-il épuisé ? Écrire des deux mains en même temps, dans des directions opposées, avait-il fait sauter ses fusibles ?

Pourtant, ce midi, il était parti en m'envoyant la main comme un homme en parfaite santé. Les ambulanciers, qui étaient venus le chercher, avaient l'air plus malades que lui. Ils avaient une mine inquiétante et j'étais inquiet.

La valse des minutes

— Je vois que vous avez apporté de quoi vous amuser. La première journée d'école, tout est permis, dit le directeur.

La classe était pleine d'animaux. Trois petites grenouilles dans des pots de confiture... sans la confiture. Deux hamsters en cage. Quatre tortues. Un perroquet nain en liberté. Un bébé couleuvre à l'intérieur d'un sac en papier plein d'herbes. Cinq poissons rouges dans un bocal. Husky, le petit chat noir de Anne-Sophie. Et le roi Lucky, calme et heureux, prêt pour la récréation. Tous mes amis adoraient mon chien.

Le directeur avait les yeux grand ouverts. Il voyait des enfants dormir, la tête sur leur oreiller. Nous avions tous une casquette sur la tête. Même les filles qui avaient les cheveux longs. Michel regardait souvent sa montre. Il avait vu notre horloge dans la poubelle rouge, pleine de gommes Bazooka. Parce qu'il aimait beaucoup monsieur Bardin, il ne passa pas de remarques.

— Monsieur Bardin est un spécialiste de l'école progressive. Nous l'avons engagé parce qu'il ne fait rien comme les autres. En France, il a obtenu d'excellents résultats avec des élèves comme vous. Des élèves qui ne savaient ni lire ni écrire. En un an, ils avaient terminé le programme de deux années. Avec lui, vous allez entrer à l'université à neuf ans ! Bravo !

Michel essayait de faire le drôle. En entendant BRAVO le perroquet lâcha son habituel CARAMBA ! Cela fit rire tout le monde.

Michel ne savait plus pour quelle raison nous avions ri: de sa blague ou du grrrrrrrros Carrrrammmm...mmmmmmba.

Puis Michel nous a fait parler de notre animal favori.

Anne-Sophie, ma cousine, a raconté pour la centième fois l'histoire de son chat Husky. Il a la bedaine et le bout des pattes blancs, et les yeux turquoise. Dégriffé et opéré la semaine dernière, il glissait en courant comme un fou sur le plancher de la classe. Anne-Sophie affirme que les mauvais coups de son chat ressemblent à des expériences scientifiques.

Son chat n'est pas un chat ordinaire. Il ne s'endort qu'en écoutant la *Valse minute* de Chopin. C'est le seul morceau de musique que ma cousine connaît. Moi, je sais que ce morceau dure environ trois minutes. Le temps de se faire cuire un oeuf.

Le directeur, lui, aimait bien les papillons. Je ne comprenais pas sa passion. Attraper les papillons, les laisser mourir et les épingler sur un carton, c'est cruel et inutile. J'espère que tous les directeurs d'école ne sont pas comme lui.

Mine de rien, je surveillais le temps passer. C'était plus long avec le directeur qu'avec monsieur Bardin. Ma nouvelle montre digitale indiquait treize heures trente-deux. L'école finissait à quatorze heures quarante-deux, à cause des autobus scolaires. Il nous restait donc une heure cinq et quelques secondes.

Où est passé le papillon?

Les oreilles de Lucky se redressèrent. Il avait entendu quelque chose. En effet l'ambulance s'amenait au loin. Les sirènes hurlaient au maximum. Nous nous sommes tous approchés des fenêtres.

L'ambulance mit encore quelques minutes avant d'arriver en vue de l'école. Il était

treize heures trente-huit et quarante-trois secondes. Elle tourna le coin de la rue en faisant crisser ses pneus et s'arrêta devant l'entrée principale. Il était treize heures trente-neuf pile ! Monsieur Bardin était vraiment un homme de parole. Ma nouvelle montre et monsieur Bardin étaient parfaitement synchronisés.

Les ambulanciers ont éteint les sirènes mais ils ont laissé tourner les gyrophares. Ils sont descendus et l'un d'eux a ouvert la portière arrière. Cette fois, ils étaient souriants, et mon inquiétude a disparu.

Monsieur Bardin est descendu à son tour et leur a serré la main. Il a fait devant eux quelques pas de danse qui ressemblait à une valse. Histoire de leur montrer qu'il était bien solide sur ses pattes. Les bonhommes ont regardé vers nous et nous ont envoyé la main. J'avais l'impression que nous étions dans des cages, au zoo.

Monsieur Bardin n'avait plus son noeud papillon, mais il avait l'air pétant de santé! Ouf! L'hôpital ne l'avait pas rendu malade. Mon père dit que les microbes circulent librement dans les corridors de l'hôpital. Et qu'ils sautent sur nous à la moindre occasion. Il ne faut pas y rester longtemps. Sauf quand on est très très très malade.

Michel s'est approché de la porte en nous disant :

— Les enfants, je vous quitte. Votre professeur est arrivé, sain et sauf. Je vous souhaite une bonne fin de journée !

Système B.

Trente-sept secondes plus tard, monsieur Bardin est entré au pas de course dans la classe. Il a serré la main du directeur avec beaucoup de vigueur. Il l'a remercié de nous avoir fait parler de nos animaux. Comment pouvait-il savoir ?

Le directeur est parti et nous avons repris nos places. Mon

coeur battait aussi vite que celui de monsieur Bardin. J'avais hâte de savoir pourquoi il était allé à l'hôpital.

— Mes amis, amigos, dear friends. Je vais vous dire ce qui m'est arrivé ce midi. Une histoire a-bra-ca-da-bran-te.

Il s'en alla au tableau et se mit à écrire.

Le tableau se remplissait dangereusement.

Les mots commençaient à déborder comme ce matin. Il écrivait des deux mains en même temps. Les mots s'assemblaient dans tous les sens en formant une grille de mots croisés. Les lettres d'un mot servaient aussi à d'autres mots. Je-me-demandais-bien-où-il-vou-lait-en-ve-nir.

— Cet-te-af-fai-re-a-bra-ca-da-bran-te est la chose la plus extraordinaire qui me soit arrivée depuis que je suis en Amérique. Même le perroquet n'en reviendra pas. C'est une histoire stu-pé-fian-te ! Allô, mon Coco ?

— Coco ! Caramba ! Péfiante ! C'est...ottes, mon gé...ral ?

Nous avons bien ri. Cauhtémoc, notre ami mexicain, avait montré quelques mots à son perroquet. Il pouvait dire à volonté : «Caramba, ...othémoc...» Et quelque chose qui pouvait ressembler à ceci: «C'est hot, mon Gérald», ou «Des pinottes, mon général?»

Monsieur Bardin fit deux fois le tour de la classe à vive allure avant de se rendre à la seule fenêtre ouverte. Le calme était revenu dans la rue. Il a fermé la fenêtre et s'est tourné vers nous en se frottant l'avant-bras gauche. Avait-il une douleur ?

— Pourquoi l'hôpital ? Pourquoi l'ambulance ? L'incroyable monsieur Bardin n'a pas fini de vous surprendre. Il y a le système D pour débrouillardise, maintenant il y a le système B pour B...

En choeur, comme des perroquets géants, nous avons agité nos casquettes en finissant sa phrase...

— B pour BBB... Bardin. Yeah ! CARAMBA !!!

Le virus inconnu

— Croyez-vous que je suis atteint du virus de la vache folle ?
— Non !
— Croyez-vous que je suis une victime de l'hépatite B ?
— Non !
— Ou bien une victime de la vitamine C ?
— Nooon !
— Croyez-vous que je fasse de l'arythmie cardiaque ?

— N......on!
— De la haute pression?
— Non!

— De la maniaco-dépression?
— Non!
— De la tourista?
— Nnnnnnon!

— Me croyez-vous attaqué par la bactérie mangeuse de chair?
— NON NON NON!

— Croyez-vous que je viens de recevoir un rein artificiel ?
— Non !
— Un bras artificiel !
— Noo...n !
— Une fesse artificielle ?
— Non !
— Un nez artificiel ?
— Non !

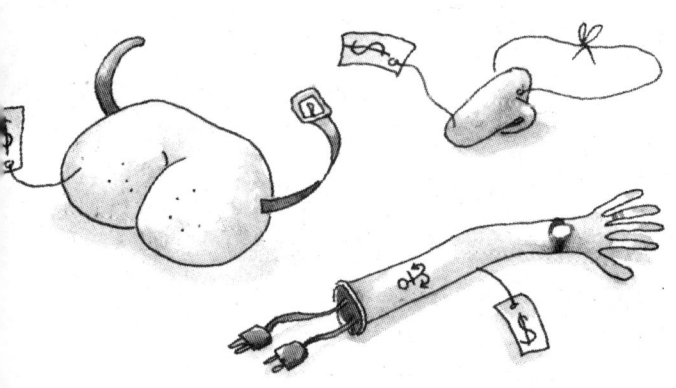

— Croyez-vous qu'on m'a fait un lavage de cerveau complet et qu'on l'a branché sur écoute électronique, 24 heures sur 24 ?

— Oh noooon !

— Croyez-vous qu'on m'a arraché mes quatre dents de sagesse d'un seul coup ?

— Aye aye aye aye ! NON !

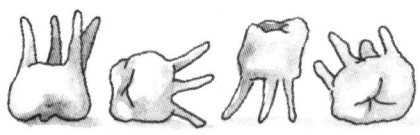

— Croyez-vous qu'on m'a fait passer un test d'urine, comme les sportifs aux Jeux olympiques ?

— Nnnnn....on !

— Croyez-vous qu'il me manque une vertèbre?
— Oh non-non-non!

— Croyez-vous que j'ai deux glandes thyroïdes?
— Non!
— Croyez-vous que j'ai les pieds palmés?
— ...N...o...n!

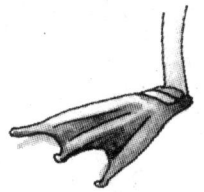 

— Croyez-vous que j'ai des rotules en plastique ?
— Non non non !!!

— Est-ce que je suis une cure d'amaigrissement ?
— Non !

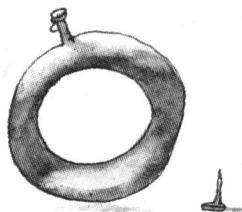

— Une cure de grossissement ?
— NOOOOOOOON !

— Croyez-vous qu'on m'a débouché les sinus ?
— Non !

— Non... Je ne peux plus continuer à vous faire dire non. OUI, je vais vous dire pourquoi je suis allé à l'hôpital.
— OUI, OUI, OUI !

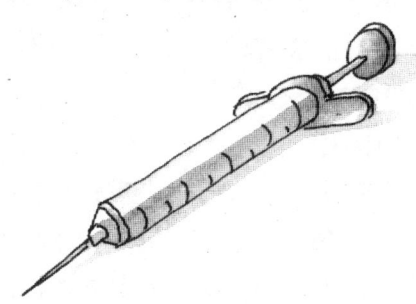

6

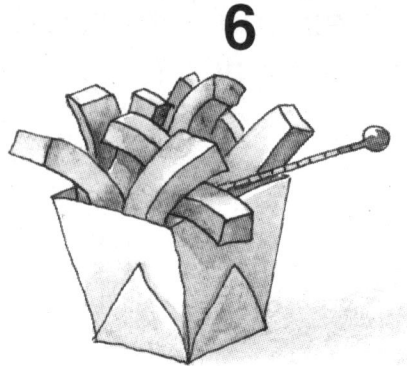

Un docteur dans les patates

Les oreilles de Lucky étaient droites comme des fusées. Husky-la-terreur était étendu de tout son long sur l'oreiller d'Anne-Sophie. Le perroquet écoutait, les yeux ronds, perché sur le coin de l'armoire. Nous retenions notre souffle.

Monsieur Bardin prit une grande inspiration. Il fit deux

fois encore le tour de la classe au pas de course.

— Règle trente-douzième : un peu d'exercice avant de parler en public. Ça détend les mots qui vont sortir de la bouche. Les professeurs doivent faire beaucoup d'exercices en dehors de l'école. Cela met de l'oxygène dans leur cerveau. Il faut énormément d'oxygène pour enseigner. C'est le métier qui demande le plus d'oxygène au monde.

J'étais sidéré. Monsieur Bardin savait tout. Pour bien parler en classe, il faut être en forme. Et pour être en forme, il faut faire de l'exercice. Et pour faire de l'exercice, il faut bouger son derrière et activer ses membres, activer le coeur puisque c'est un muscle.

— Eh bien voici... je ne sais pas...

Il ne savait pas quoi nous dire ? Je voyais dans son sourire qu'il nous faisait languir.

— Je ne sais... En fait je ne sais pas par où commencer.

Mon meilleur ami est un docteur. Il fait des transplantations cardiaques à l'Institut de cardiologie de Montréal. Il s'appelle docteur Roger Gentner. À lui seul, il a sauvé trente-sept personnes. Il a des doigts de magicien. Moi, je l'appelle le Grand Réparateur. C'est un excellent chirurgien.

Je me demandais où cette histoire allait nous mener. Je sentais que monsieur Bardin nous jouait un tour. Il faisait un petit numéro avant d'arriver à son histoire abracadabrante.

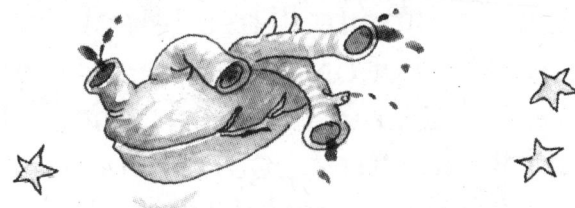

— En plus, il aime bien cultiver et transplanter des patates. Il en fait pousser de toutes les couleurs. De grandes jaunes qui viennent certainement d'Asie. Des rouges qui viennent de l'Île-du-Prince-Édouard. Des patates douces qui viennent du Brésil. Des blanches qui viennent d'Alaska et des noires qui viennent d'Afrique. Il fait même pousser des patates en forme de coeur.

Son histoire n'avait pas beaucoup de bon sens, mais nous retenions toujours notre souffle en attendant la suite de son histoire.

— C'est vraiment un docteur extraordinaire. Il m'a téléphoné ce matin pour me demander de venir à l'hôpital d'urgence à midi pile. Je ne pouvais pas dire non à mon meilleur ami. Nous avons mangé beaucoup de frites ensemble en 1960. Il m'a sauvé la vie durant la guerre. Il était médecin militaire, et moi, simple soldat.

Monsieur Bardin se frotta à nouveau l'avant-bras. Il remonta la manche de sa chemise. Alors je compris ce qui venait de lui arriver.

7

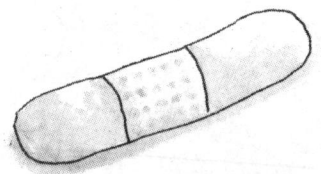

Le pourquoi du comment

— En fait, le docteur Gentner n'avait pas réellement besoin de ma personne. Il avait seulement besoin de mon sang. J'ai du sang très rare, vous savez. Il porte même un numéro spécial.

Anne-Sophie a levé la main.

— Du sang 007 ?

— Non, Sophie-nette. Zéro-zéro-sept, c'est le numéro de

code secret de l'agent de contre-espionnage britannique James Bond.

D'autres ont levé leur main.
— Du sang E=MC^2
— Du sang B12
— Du sang U2
— Du sang APOLLO 13
— Du sang Cosmos 2001
— Du sang F 18
— Du sang Formule 1
— Du sang Super 7
— Du sang 94,3FM

Monsieur Bardin riait très fort. Il était plié en deux.

Le perroquet n'arrêtait pas de répéter: Bravo, caramba! Thémoc! Bravo Caramba! Du sang pour Dracula?

Notre classe s'amusait ferme.

— Non, amigos, mes chers amis, mon groupe sanguin,

c'est AB négatif. Je suis allé donner du sang pour réapprovisionner la banque de sang de l'Institut de cardiologie de Montréal. C'est déjà incroyable que mon ami Roger se souvienne que j'avais du sang AB négatif dans les veines! Mais-le-plus-incroyable-est-à-venir. Tenez-vous bien après la palette de votre casquette... Mon ami ne m'avait pas dit au téléphone à qui allait servir mon sang. C'est-à-dire à qui les autres médecins vont faire une transplantation demain matin, à dix heures. La plus importante transplantation de toute la vie de mon ami Roger.

Monsieur Bardin a baissé le ton et tout le monde a fait silence. On entendait bourdonner les dernières mouches de sep-

tembre. Lucky retenait son souffle lui aussi.

Monsieur Bardin se frotta encore une fois l'avant-bras, doucement pour ne pas arracher le pansement que l'infirmière y avait collé.

— La personne qui va recevoir demain une transplantation n'est pas une personne ordinaire. C'est la femme de mon ami Roger Gentner, Marguerite Bouley. Ça c'est incroyable. Mais le plus incroyable des incroyables, c'est que Marguerite Bouley a été ma première institutrice.

Le monde est petit, mes enfants, je n'en reviens pas. Si je suis devenu professeur, c'est grâce à elle. Si je sais danser la valse, c'est aussi grâce à elle. Elle m'a tout appris de la vie, et demain mon sang va lui sauver la vie. C'est magnifique !

Ainsi c'était donc ça ! Incroyable mais vrai, comme dirait l'autre. Le monde est bien petit en effet. Monsieur Bardin avait vraiment bon coeur.

Il était exactement deux heures et quarante et une minutes. Il ne restait que soixante secondes avant la fin de ma première journée d'école.

Oui, monsieur Bardin avait bon coeur et il nous faisait bien rire. Il nous remercia d'avoir emmené nos oreillers et nos animaux. Puis il nous donna congé et rentra dans son armoire pendant que nous quittions la classe en riant.

L'école de monsieur Bardin, c'était une bonne école pour appendre la vie.

Au total, cette première journée n'avait pas été trop longue.

Je suis rentré à la maison avec Lucky. J'avais la tête pleine de lettres et de chiffres et j'étais content que monsieur Bardin soit revenu. Il lui manquait peut-être quelques centilitres de sang, mais il avait toute sa tête.

J'avais appris plusieurs nouvelles choses. Que le directeur collectionnait des papillons. Que l'exercice est nécessaire pour parler en public. Qu'il existait un type de sang très rare. Et qu'il existait des patates noires.

En mettant le pied dans la cuisine, j'ai appris que mon père avait invité monsieur Bardin à souper.

J'étais ravi. Mais j'avais un doute. Après tout ce qu'il avait vécu d'incroyable dans la journée, monsieur Bardin allait-il vraiment venir chez moi?

Pierre Filion

Photo: Jacqueline Thiaudière

Quand il était au primaire, ce jeune auteur a déjà usé une paire de souliers en une semaine. Pierre aimait beaucoup plus jouer dans la cour de récréation que s'asseoir en classe pour user le derrière de son pantalon. C'est son oncle Théophile, un ami personnel de monsieur Bardin, qui lui a appris comment faire pousser des patates noires. Depuis qu'il connaît la recette, il en fait pousser aussi dans son potager à Frelighsburg, sous la haute surveillance de son père Maurice. Et c'est ce qui lui a donné l'idée d'écrire cette histoire abracadabrante.

Stéphane Poulin

Illustration: Camille Monette

Soulières éditeur... ce sont les premiers mots que Stéphane articula lorsqu'il naquit en 1961.

Ce furent aussi ces mots qui nourrirent son imaginaire d'enfant... Soulières éditeur... Soulières éditeur... Sou...

À l'adolescence, Soulières éditeur devint le nom du groupe de musique rock que Stéphane fonda avec ses copains.

À 20 ans, Stéphane Poulin acheta sa première voiture, une Soulières éditeur, modèle T.

Plus tard, il se maria et eut un fils qu'il aurait bien aimé appeler Soulières éditeur... Trop, c'est trop et ce fut la raison de son divorce.

Pour oublier, Stéphane se mit à dessiner, mais il continua à s'enfoncer davantage dans le malheur... jusqu'à ce qu'il se retrouve chez Soulières éditeur !

Ce livre a été imprimé sur du papier Sylva enviro 100 % recyclé, traité sans chlore, accrédité Éco-Logo et fait à partir d'énergie biogaz.

Achevé d'imprimer
sur les presses de Marquis Imprimeur
en mars 2007